꽃은 꽃으로 말한다

꽃은 꽃으로 말한다

초판 1쇄 발행일   2015년 12월 7일

지은이   최상만
펴낸이   고옥귀
펴낸곳   방촌문학사
편집인   최상만
출판등록   2015. 9. 16(제419-2015-000015호)
주소   강원도 원주시 소초면 교항공산길 21-10
전화번호   033-732-2638
이메일   dhdpsm@hanmail.net
인쇄 및 제작   ㈜북랩

ISBN   979-11-956531-4-0 03810(종이책)   979-11-956531-5-7 05810(전자책)

이 도서의 국립중앙도서관 출판예정도서목록(CIP)은 서지정보유통지원시스템 홈페이지
(http://seoji.nl.go.kr)와 국가자료공동목록시스템(http://www.nl.go.kr/kolisnet)에서
이용하실 수 있습니다.
(CIP제어번호 : CIP2015033067)

꽃은 꽃으로 말한다

· · · · · · · · · · · · · · · · · · ·

최상만 시집

방촌문학사

　사람 사는 일처럼 아름다운 것이 어디 있겠는가. 잎이 나고 꽃이 피고 열매 맺고 낙엽이 지는 일들 모두가 얼마나 신비로운가. 살아가면서 만나는 수많은 것들은 서로의 관계 맺음이다. 관계가 이루어졌을 때 비로소 인연이 된다.

　이러한 세상에서 시를 쓰는 일은, 만나는 모든 것들에 대한 고마움이고 사랑이다. 대상에 대한 애정이 있을 때 대상은 나의 일부가 된다. 대상이 두 눈 속에 들어왔을 때 가슴이 두근거리고 두 손은 떨린다. 대상과 인연을 맺으면 언어의 바다 위에 가난한 시어가 몇 개 표류한다. 표류하는 언어를 건져 올리면 언어는 떨림이 되어 울려 퍼진다.

　그동안 창고에 쌓여 있던 언어의 먼지를 털어 내니 부끄러운 것들뿐 어디 내어놓을 만한 것들이 없다. 그래도 답답해 하는 몇 편을 골라 시원한 바람이라도 쏘여 주고 싶은 마음에 남루한 시 몇 편 실은 배 한 척을 띄워 보낸다.

시인은 넘쳐나지만 시가 읽히지 않는 세상 밖으로.

풍랑을 만나고 폭풍우도 만나며 저 혼자 살아남아야 할 것들. 이제 내가 해 줄 일은 아무것도 없다. 아름답지만 거친 세상에 홀로 남겨져 이름 없이 사라져 버릴 비운을 맞을지도 모르겠지만, 활자에서 일어나 사람들 마음속에서 잔잔히 읊조려지는 만남을 기대하며 돛을 올린다. 순풍이 불어와 어디쯤에선가 아름다운 마음을 지닌 항구에 닿을 것이라 믿는다.

미지의 세계에서 또 다른 인연을 기다리면서 다시 여행 떠날 채비를 한다.

2015. 11. 30.

최상만

목차

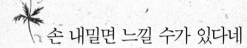

나무는 혼자라도 외롭지 않다

우리는 침묵하는 중에도 얘기한다

외롭다는 것은 사랑하고 있다는 것이다

누군가는 그것이 살아가는 이유입니다

밤마다 철길에는 동경만이 달리고 있다

손 내밀면
느낄 수가 있다네

묵언黙言

꽃은 피면서

소리를 내지 않는다.

동백도 매화도

꽃잎 터뜨리며

비명을 지르지 않는다.

꽃 피우는 산고産苦

속내 깊이 감추고

그윽이 향으로 전할 뿐

낙엽은 떨어지면서

여름을 말하지 않는다.

된서리 하얗게 내려

빳마른 갈잎도

스산스레

소리를 내지 않는다.

꽃은 꽃으로 말한다

궁금한 바람만이

가랑잎, 솔가리 간질일 뿐

자랑삼지도

시새우지도 않는다.

물매화

맑은 물가 습기 많은 자리
몇 방울 물 흐르는 바위틈에
이끼를 벗고,
작년에 떨어진 낙엽도,
마른 솔잎도 몇 개
어우러져 피는 물매화
혼자라고 외로운 것은 아니다.
먼 인적 아랑곳없이
쑥부쟁이 개미취도 지켜볼 뿐
개울가 바위틈에서
저 혼자 그리움 받쳐 들고
눈시울 붉도록 얼마나 울었을까.
남몰래 흘린 슬픔 꽃술 속
이슬로 감추고
산사山寺에 오르는 발자국처럼

연꽃 향기에 떨리는 풍경처럼

마음을 비웠나 보다.

꽃샘추위

산벚나무 꽃봉오리가 파르르 떨린다.
남산제비꽃 입김이 하얗게 피어오른다.
때로는 부지런함도
시샘을 사는 법이다.
꽃샘추위는
때를 모르는 벚꽃을,
기다릴 줄 모르는 제비꽃을
시샘하는 것이 아니라
분수를 모르고
성급하게 피어나는 꽃잎에
아린 속내 감추고
서릿발같이
말하고 싶었던 것은
순리대로 살라는
어울려 살라는 것을

벗나무와 제비꽃은

온몸으로 듣고 있었다.

동백꽃

한겨울 적막 속에서
시린 고통 참으며
붉은 꽃눈 틔우기
얼마나 힘들었을까.
바닷바람에 들려오던
숱한 낭설浪說과 부조리와
부적절한 언어들
그 슬픔을 딛고 일어서기
얼마나 힘들었을까

영하의 어둠 속에서
꽃봉오리 꼼지락거릴 때
하늘에는 겨울 철새
조심스레 몇 마리 지나가고
겹겹의 붉은 향기 버는 소리에

숲 속에서도 얼음장 밑에서도
너구리도, 송사리 떼도
숨죽이고 있지 않았으랴.

동백은 긴긴 겨울 저 혼자
그 붉은 꽃물 들이진 않았으리라.
저 혼자 뜨겁게 꽃 피우진 않았으리라.

달개비

누가 키우지 않았어.
제 스스로 자랐을 뿐이야.
스스로 뿌리 내리고
스스로 꽃 피우고 있었어.
물 주었다고 달개비를 키웠겠는가.

마른 땅 제 혼자 견디며
호미 날 제 혼자 찍히며
밤새워 자줏빛 눈물 흘렸지.
서러운 자줏빛 달개비
합장하며 말하고 있었네.

누가 키우지 않아도
제 스스로 자라고
꽃 피우는 것이

다름 아닌 달개비고
잡초라 하네.

라일락

라일락 쓰디쓴 잎사귀도
4월이 되면 향기를 만든다.
뿌리 깊은 곳에서
어두운 땅속에서
자기의 향기를 준비하고
있었던 것이리라.
온몸으로 어둠 참아 내며
혹한의 겨울 견디었으리라.
물오른 껍질을 열어
꽃봉오리 밀어 올리며
초록 빛깔 내 뿜으며
자신의 향기 풍겼으리라.

꽃은 꽃으로 말한다

하늘타리

무슨 마음으로 하늘에
울타리 둘렀는가.

바람을 막은 건가.
구름을 막은 건가.

땅에서 오가는 이
자유롭게 하늘에 꽃을 두른 것이

하늘타리의 맘인 것을
꽃을 피우는 이유인 것을

코스모스

바람이 가을을 느낄 때
코스모스는 바람에 흔들리다
차라리 바람이 되나 보다.
벌도 나비도
코스모스 앞에서 흔들림을 배운다.

가을비 단풍을 적실 때
코스모스는 빗물에 젖어
고개 숙일 줄 아는 꽃이 되나 보다.
코스모스 앞에서
고개 숙이는 법을 배운다.

가을 길가에
수천수만 송이로 피어
푸른 하늘 떠받드는 힘이 된다고

한적한 시골 길을 걸을 때

코스모스는 동행이 되어 속삭이고 있었다.

흰 진달래꽃에게

네게 가려고
맑은 물에 손 씻고
마음에 분칠하며 기다렸단다.
오랫동안
하얀 꽃잎 보려고
말도 걸음걸이도 조심했단다.
아침 햇살 가득한 사월
은빛 향기에 나비는
소리 없이 날아오르고
제비도 기웃거리다
하늘을 비껴 날았단다.
숨 죽여 피어난 너를
기다린 것은
나만이 아니었구나.
나만이 아니었구나.

꽃은 꽃으로 말한다

꽃은 꽃으로 말한다

꽃은 꽃으로 말한다.
봄이면 봄꽃으로
가을이면 갈꽃으로 향기를 만든다.

바람에 흩날리면
흔들리는 꽃으로
비에 젖으면
젖은 꽃잎으로 눈물을 흘린다.

여름 한낮 뜨거운 햇빛에
꽃잎 축축 늘어져도
꽃잎은 알고 있다.
그 뜨거운 땀방울 흘려야 하는 이유를

시든 꽃잎은 시든 대로

떨어진 꽃잎은 떨어진 대로

하나의 의미라는 것을

꽃은 꽃잎으로 말하고 있다.

꽃달임

꽃잎 하나 떨어졌다.

슬퍼할 일이 아니다.

씨방에 점 하나 찍었다.

새로운 생명이 시작된 것이다.

축복의 시간

사람들은 꽃잎 전을 부쳐

둘러앉아 기쁨을 나눈다.

꽃씨는 밤잠 설치며

별을 헤아릴게다.

물망초

가슴속에
꽃씨 하나 자라고 있었어.
사랑 하나 떠나며 심어 논
작은 꽃씨가 자라고 있었어.

그 꽃씨 자라
다시 꽃씨로 날리며 속삭이고 있었어.
-사랑은 짧아도 영원한 것
-사랑은 떠나도 남아있는 것

내 아직
사랑을 몰랐을 때
떨어진 꽃씨 하나
불씨처럼 자라고 있었어.

지울 수 없는 상흔이 되어

잊을 수 없는 추억이 되어

가슴에 남아있는 그 이름

물 망 초

상사화

잎사귀는 꽃을 본 적이 없다고 한다.
꽃은 잎사귀를 본 적이 없다고 한다.

잎을 그리워하는 꽃
꽃을 그리워하는 잎

시간이 흘러도
만날 수 없는 너.

불러도 들을 수 없는 거리
들어도 대답할 수 없는 기다림

연꽃

알 듯도 하건마는
안다고 속삭이면
어느새 숨죽이는 연꽃,
그 앞에서는 바람도 함께 멈춰 선다.

몰라도 그만인 것을
없어도 그만인 것을
아귀다툼하는 세상에서 바라보면
연꽃 앞에서는 구름도 잠시 멈춰 선다.

말 없는 눈짓으로
향기의 떨림으로
마음속에 연꽃 하나 옮겨 심는 것은
욕심 없이 살아보려는 시늉이리라.

목련

낮에는 반짝이는
별이 없어
파란 하늘에
함박웃음 가득
터뜨려 놓았나 보다

복수초

나목의 숲 속에서
낙엽이 체온을 감싸 주었다.

한겨울에 북풍한설이
결곡한* 자태 어루만져 주었다.

하얀 입김으로 잔설 녹여
조심스레 고개를 들었다.

봄을 시샘하는 찬바람에
노란 꽃망울
화들짝, 봄을 터트렸다.

* 깨끗하고 야무져서 빈틈이 없다.

바랭이

눈길 한 번 받아 본 적 없는

손길 한 번 느껴 본 적 없는

천덕꾸러기 바랭이도

귀 쫑긋 세우면 들린다네.

손 내밀면 느낄 수가 있다네.

화원은 아니어도

화단은 아니어도

화려하지도, 예쁘지도 않은

쓰잘머리 없는 바랭이도

밟히며, 뜯기며

이 세상 숱한 잡초처럼

자기 식대로

자기 향내 풍기며 산다는 것을

너의 꽃은

- 현지에게

꽃은 벌써 너를 용서했단다.

네가 살고 싶은 대로

네가 갖고 싶은 대로

욕심부려도

말없이 웃으며 바라보던 그 꽃은

꽃은 언제나 너를 향기로 감싸고 있단다.

네가 가고 싶은 대로

네가 하고 싶은 대로

고집부려도

살며시 손잡아 주던 그 꽃은

현지야,

너의 꽃은 엄마란다.

언제나 어디서나 너의 꽃은 엄마란다.

네 주변을 서성이며

너를 지켜주는 등불이란다.

현지야,

너의 꽃은 아빠란다.

언제나 어디서나 너의 꽃은 아빠란다.

말없이 네 주변을 맴돌며

너를 이끌어 주는 등대란다.

꽃은 꽃으로 말한다

나무는
혼자라도
외롭지 않다

너

꽃이 피고 열매 맺는 일
달이 뜨고 아침이 오는 일들
모두가
네가 오기 전부터 네 주변을
서성이고 있었다.

풀잎 하나, 꽃잎 하나
그리움 하나, 사랑 하나
이 모든 것들도
세상에 하나뿐인
너를 위해 기다리고 있었다.
벌써부터

솟대

하늘과 땅의 중간

하늘 한 자락에 터를 잡았다.

양지바른 공중에 둥지를 틀고

촌락 지키는 신의 전령이 되었다.

정한수에 달이 뜨고

별이 질 때

새는 비상을 꿈꾸며

하늘에 징검다리를 놓았다.

동네 사람들 소망

날개 닳도록 짊어지고

하늘 가까운 곳에

덩그마니 올라앉아

상제上帝 뵈올 날 기다리다

천년만년

배고픔도 잊었다.

날갯죽지도 잃었다.

하늘의 일부가 되어 가는 명상 앞에

하늘도 비로소 문을 열었나 보다.

새의 기도 소리는 들리지 않고

바람 한 자락에 구름이 비켜선다.

봄비

밤새 삼악산 뒤척이며
부스럭거리더니
누군가
소리 없이 다녀가셨나 보다.
앞산에도 뒷산에도
정맥의 푸른 돌기가
꿈틀 움직인다.

온종일 수수꽃다리 꽃망울
꼼지락거리더니
누군가
소식도 없이 다녀가셨나 보다.
화단에도 텃밭에도
연녹색 기지개가
한창이다.

태양초

하늘색이 짙어지면
밭에는 고추가 검붉어진다.

고추는 여름내 농부의 발걸음 소리에
매운바람도 견디었으리라.

농부는 거친 손길로 태양을 모아
고추의 속살까지 붉게 익혔나 보다.

햇볕 잘 드는 마당 가에 널어놓고
매만지는 손길마다 태양초가 되었다.

아람

달빛도 조금
별빛도 조금
머물다 갔으리라.

바람도 조금
빗물도 조금
스쳐 지나갔으리라.

스스로
자신을
내려놓기까지는

등선폭포[*]

천년 이슬이 다듬었는가.
소양강 운무가 빚었는가.

삼악산 봉에서 불어온 바람이
천상의 오솔길을 만들고

세월은 폭포를 만들어
당신을 기다렸나 보다.

숨죽인 발자국 소리에
산새 한 마리 날아오른다.

---

[*] 강원도 춘천시 삼악산에 있는 폭포

징검다리 위에서

반석들이 적당한 거리를 두면
징검다리가 된다.
둥글고 네모지고 모양은 달라도
서로서로 모여서
하나의 징검다리를 만든다.
길을 만든다.
작은 돌은 작은 돌대로
큰 돌은 큰 돌대로
받쳐주고 세워주며
물고기 오르내리도록 물길도 내어주고
아이들 오가도록 마을을 이어 준다.

돌들도 모여서
징검다리를 만들고 있건만

나무는

나무는 태어난 곳에 발붙이고 산다.
멀리 가본 적이 없다.
바람에 실려 오는 향기로
세상 느낄 뿐, 기다리지 않는다.
바라지도 않는다.
하늘 높이 가지를 벌리고
땅속 깊이 뿌리를 내리고
꽃 피우며, 열매 맺을 뿐
욕심내지 않는다.
비 내리면 비를 맞고
눈 내리면 눈을 맞고
지켜보는 이 없어도 투정하지 않는다.
불만하지 않는다.
계절 따라 구름이 지나고
산새가 다녀갈 뿐
혼자라도 외롭지 않다.

낙엽

바람이 불면
바람으로 흔들릴 수 있는
바람이 되어 함께 뒹굴고
바람으로 소리 낼 수 있는
낙엽은 용기이다.
부서질 수 있는
부서져 밟힐 수 있는 용기이다.
그 푸르던 속내 훌훌 털어내고
알몸 내보일 수 있는 용기이다.
쓸쓸한 이 가을에도
낙엽 하나 의미 있게
바람에 날리고 있다.

의암호*

잔대 싹 냄새가 풍기면

사람들은 그리움을 찾아 나서고

그리움의 퇴적물이 쌓여

텃새처럼 떠나지 못하는

호수가 되었다.

푸른 물비린내 나는 호수는

멀리 호반으로 이어지고

켜켜이 내려앉은 과거를 걷어내면

가슴속에는 추억 하나씩 들어앉았다.

호수 위로 별빛이 내리면

사람들은 묻어두었던

그리움 하나씩 풀어내고

기다림 겹겹이 쌓여

철새처럼 다시 찾는 호수가 되었다.

---

* 강원도 춘천시를 둘러싸고 있는 의암대에 의해 형성된 인공 호수

꽃은 꽃으로 말한다

은빛 물결로 흐르는 의암호는

사랑의 낙인 하나 간직한

가슴속에서만

비로소 호수가 되었다.

입춘

동구 밖에 먼저 와 기다리고 있었다.
언 발 동동 구르며 혹한의 어둠 속에서
준비하고 있었나 보다.
잔설 속 복수초의 떨림처럼
종다리는 정지한 채 하늘에 떠 있다.
무슨 소식을 전하고 있나 보다.
얼음장 아래 물고기들이 미동을 한다.
담장 밖에 미리 와 기웃거리고 있었다.

동토에 미열이 돌고
산색은 허물을 벗고 있었다.
시린 손 호호 불며 나뭇가지는
꽃봉오리를 키우고 있었나 보다.
텃새들이 둥지를 틀고 있다.
떠밀려가던 극지의 바람이 머뭇거리고

꽃은 꽃으로 말한다

처마 밑에선 짧은 햇볕이

씨눈을 보듬고 있었나 보다.

톡, 톡, 봄앓이 소리

버들가지가 기지개를 켜고 있었다.

산은 알고 있지

낙엽보다 도토리 먼저 떨어지는 이유를
봄이 되면 알 수 있지.
한파 속에서도
강설 속에서도
도토리는 산의 긴긴 얘기 들으며
낙엽의 품에서 부화를 기다린다는 것을
도토리는 알고 있지.

봄이 되면 알 수 있지.
가으내 같은 색으로 지켜주고
겨우내 자신을 썩히며 품어준
낙엽의 희생을
추운 겨울을 도토리 혼자 견디어 온 것이
아니라는 것을
산은 알고 있지.
도토리 싹 틔우는 아름다움을

반딧불이

하나의 신호였나 보다.
반딧불이 한 마리 날아오르자
하늘에 별이 총총 떴다.
구름 한 점 없는 한밤을 기다려
별빛은 지상으로 내려와
박꽃 한 송이 피우고 있었다.
부엉이도 잠이 드는 밤
달빛은 산그늘 뒤에 숨어
고요히 지켜보고 있었다.
물안개 피는 새벽이 올 때까지
반딧불이는 이슬 젖는 사연 하나
가슴에 끌어안고 있었다.

강이 부른 걸까

강이 부른 걸까.

향기도 채워 놓고

바람도 불러 놓고

물고기 모아 놀게 하고

은빛 여울에 갈대도 세워 놓고

모래톱에 햇빛도 감추어 놓고

골짜기마다 꽃 잔치 벌여 놓고

산길에 초록 우단을 깔아 놓고

흰 구름 잠시 쉬게 하고

산새도 모아 놓고

별빛도 밝혀 놓고

산이 부른 걸까.

속삭이는 소리에 길을 나서면

그뿐,

조약돌 하나 빛나고 있었다.

꽃망울 하나 터지고 있었다.

텃밭

고추도 몇 포기
상추도 몇 포기
키워 내는 조그마한 텃밭

바람도 잠시 놀다 가고
구름도 잠깐 쉬다 가고

호미 든 발자국 소리에
호박이 쑥쑥
오이가 쑥쑥

조그마한 텃밭에 자라는 농심農心

꽃은 꽃으로 말한다

산

산속에 들어와
산을 생각하면
산은 침묵하고
대답 대신 산새 몇 마리
회양목 숲 속에서 날아오른다.

하늘에는 투명한
아이들 웃음소리.

산을 오르면
산은 성큼 산 사이를 돌아와
무슨 대화를 한다.
말하는 산, 산들.

산등성이를 넘으면

산은 몇 살배기 아이를 안고 돌아서고

봇물을 트며 소식을 들으면

산은 돌이 되었다 한다.

소리 없이 돌이 되었다 한다.

꽃은 꽃으로 말한다

호수

호수에는 아침부터

은장도를 품은 전설의 여인이 숨어있다.

느리게 스쳐 가는

번득이는 그림자

하루 종일 누군가의 심장을

겨누고 있다.

저녁이 될 때까지

몰래몰래 날카롭게 날을 세우고 있다.

들풀

변두리에 부는 바람으로
질척이는 이름으로 자라고 있었어.
밟혀도 밟혀도
고개를 못 드는 질경이로
민들레로
강아지풀로 자라 꽃 피우고 있었어.

죄가 없어도 고개를 못 드는
벙어리도 아닌데 말 못하는
그 작은 서걱거림도
그 헛헛한 숨결도
이 땅의 삶이란 것을
침묵하며
침묵하며

꽃은 꽃으로 말한다

하늘 아래 작은 몸짓으로

땅 위에 슬픈 영혼으로

저 혼자 씨 뿌리고 있었어.

이름도 모른 채

별빛 아래

저 혼자 꿈꾸고 있었어.

중도[*]

안개때문에생겨난섬이라했다.

백조의호수를들으면보이기시작하는섬

꿈꾸는섬

호수면에떠있는순수를

남몰래 지키고 섰다.

멀리경춘선기적소리에

새벽이면안개꽃이피기시작하는섬

소양강줄기따라기차가달리면

여인의속살같은은사시나무노래하는

젊음의섬

오늘도축제의함성으로다시태어나는

안개로만들어지는섬

중도

* 강원도 춘천시에 있는 의암댐 건설로 생긴 섬

꽃은 꽃으로 말한다

포도가 영그는 마을

하늘 낮은 곳 맑은 이슬은

조종천*을 이루고

운악산**을 깎아 세웠다.

계곡 깊어 냇물은 맑고

산이 높아 하늘은 푸르러

여름내 흐른 시내는

가을의 향기를 만들었다.

현리***에 가을이 오면

바람도 햇빛도 잠시 걸음을 멈춘다.

포도가 영글어 가면

사람들 가슴 속에

웃음도 함께 영글어 가고

---

*   경기도 가평군 하면을 흐르는 하천
**   경기도 가평군 하면과 포천시 화현면에 걸쳐 있는 산
*** 경기도 가평군 중서부에 있는 하면의 면 소재지

우리들 마음속에는
희망도 함께 익어 간다.

구름도 머무는 운악산의 정기는
포도로 다시 태어났다.
장마도 폭풍우도 있었지만
꿈이 되고 희망이 되었다.
포도가 영그는 마을은
전설이 되고
사람들 입에서는 자랑이 되었다.

우리는
침묵하는 중에도
얘기한다

어찌 알았을까

갈대는 갈대끼리
서로 기대어 산다.
습한 기운
강마른 체온 나누며
서로의 몸 부비며
보듬어 안는다.
서로 함께하면
겨울 찬바람도
견딜만하다는 것을
갈대는 어찌 알았을까.

억새는 억새끼리
산허리 안고 돌며
서로 의지를 한다.
계절 찾은 철새에게

빈자리 기꺼이 내어 주며

동짓달 찬 서리로

하얀 체온을 덮는다.

함께 나누면

아름다워지는 것을

억새는 어찌 알았을까.

은행잎

고고함이라 생각했었다.

곁은 두지 않았다.

멀리 서 있는 은행나무

한 그루로 만족했었다.

오만스런 냄새도 풍겼다.

한때의 자만심에

애벌레 한 마리 얼씬하지 않았다.

나비도 날아오지 않았다.

찬바람 불면 노랗게 빛바랠 줄

스산하게 떨어질 줄 모르고

저 혼자 살아온 것을

어울리지 못하고 살아온 것을

후회하나 보다.

떨어져

저리도 쓸쓸함 토해 내는 걸 보면

단풍

무슨 사연이 있는 것일까.
지난여름 비바람 견뎌 내더니
나이테 하나 깊숙이 남겨 두고
바람 앞에 붉은 속살 드러내는 것은

무슨 말을 하려는 것일까.
천둥 번개도 무서워 않더니
아침저녁 찬바람에
소리 없이 물들여 놓고는

무서리 내리면 작별이라고
가슴 깊이 붉은 울음 삼키며
참아내는 것은
새봄에 대한 약속 때문인가.

단풍은 올해에도 저마다의 빛깔로

조그마한 비밀 하나 간직하고

말없이 떠나는 법을

조용히 잊히는 법을 배웠나 보다.

꽃은 꽃으로 말한다

갈잎

겨울로 가는 길목에서 갈잎은
여름내 둘렀던 초록을 벗어내고
잔솔 바람에
서로의 몸 부비며
참아내는 법을 배운다.

산짐승 내려오는 겨울이 되면 갈잎은
동지섣달 짧은 햇살 앞에서
그리움 하나씩 벗으며
미움도 그리움의 다른 모습인 걸 배운다.

겨우내 그 설던 울음으로
갈잎에도 나이테 하나 늘었을까.
갈대 속에는 눈물 한 방울 남아 있을까.

산속에서

산속에 서면
한 송이 꽃이 되나 보다
어깨 위에
팔랑나비 내려앉는 것을 보면

산속에 앉으면
키 작은 한 그루 나무가 되나 보다.
청설모, 다람쥐 발밑에서
쉬어 가는 것을 보면

곤줄박이 날아와
키 커진 그림자에 숨는 걸 보면
산속에서 나는
숲이 되나 보다.
소리 없이 산이 되나 보다.

삼림욕

숲 속 오솔길을 따라
숲이 가슴속으로 걸어온다.
나무 향기가 숨결을 어루만진다.
자작나무는 줄지어
눈을 덮고, 발을 덮고
온몸을 감싸 안는다.

나무 아래 발길 멈추면
나뭇잎의 환호 소리 들려온다.
나뭇가지가 살포시 머리를 어루만진다.
상큼한 바람이 잠깐 머물며
콧등을 간지럽히고
온몸을 간지럽힌다.

누군가 손을 잡는다.

나는 어느새 야생초가 되어
풋내를 풍긴다.
골짜기의 냇물이 혈관을 타고 흐른다.
말은 필요하지 않다.
폐부로 느끼는 바람이 시원하다.

김을 매다가

며칠 못 보았더니
슬그머니 쇠비름, 바랭이들
어린 도라지를 밀어내고 터를 잡았다.

갑자기 목이 마른 이유를 모르겠다.
이 세상 어디에도
잡초를 위한 자리는 없었다.

텃밭 한자리 내어주고
함께 키우면 안 되는 것일까
망설이다 먼 산을 바라본다.

누구나 자기 자리가 있는 것이지
자신이 뿌리내릴 자리를
모두가 알았으면 좋으련마는

카페치올라*

꽃밭머리길 언덕 위에
하얀 찻집 하나

치악산 자락 아래
들꽃 향 은은한 그곳

들꽃 향기로 더욱 그윽해지는
아메리카노 향기

카페 치올라에 앉으면
한가로워지는 마음

꽃밭머리길 언덕 위에서
여유로운 하늘이 쉬어 가네.

---

* 강원도 원주시 행구동 꽃머리길에 있는 카페 이름

꽃은 꽃으로 말한다

행여나

비는 때를 가려 내릴 줄 안다.
봄에는 어린 새싹 다칠세라
가랑비가 되어 내려 준다.
비는 따뜻한 눈물을 지녔나 보다.

바람도 계절에 맞게 불 줄 안다.
봄에는 꽃잎 다칠세라
동풍이 되어 불어 준다.
바람은 따뜻한 가슴을 지녔나 보다.

행여나
봄이 오기까지, 꽃이 피기까지
비와 바람만이 그리하였을까.
그리하였을까.

산에 오르며

묵은 가래까지 삭여내야 산은
비로소 산이 된다.
땀이 정제된 샘이 될 때 산은
산이 되어 속살을 보여 준다.
비탈에서 벼랑으로
계곡에서 능선으로
내 앞에 드러눕는다.

발걸음마다 인내를 담금질할 때
산은 말없이 바람 소리만 낸다.
거친 호흡이 산의 숨소리가 될 때
산은 온몸으로 나를 품는다.
낮은 봉오리 높은 봉우리
넓은 가슴으로 끌어안는다.

종아리에 불뚝 힘줄 돋도록

정상에 올라도 산은 침묵할 뿐이다.

아버지의 헛기침같이

걷다 보면

오솔길 걷다 보면

가끔씩

솔향기 뭉게뭉게 피어나고

보랏빛 연무 산에서 내려와 맞아주고

둘레길 걷다 보면

가끔씩

머리 위에서 맴도는 고추잠자리

수면 위로 인사를 하는 송사리 떼

길섶에서 손 흔드는 강아지풀과

조용히 눈도 맞추고

돌담에서 낯붉히는 나팔꽃과

말없이 대화도 나누고

들길 걷다 보면 마음속에는

어느새

푸른 하늘이 가득

들꽃 향기가 가득

대화

침묵하는 중에도
우리는 얘기한다.

서서, 앉아서 얘기하고
걸으며 얘기하고
살아서 얘기한다.

더러는
날씨에 대하여
사랑에 대하여
미움에 대하여
죽음에 대하여
혹은
문학에 대하여 얘기한다.

꽃은 꽃으로 말한다

우리는

침묵하는 중에도 얘기한다.

봉하 마을에서

울컥
목젖을 달구던 이유가
말없이 내려다보는
부엉이바위 때문은 아니었을 게다.

그리운 이의 무덤에
비석도 없이
돌을 덮은 마음이야
오죽했으랴마는

이 녘에
두고 간 그 뜻을
차갑게
간직하기 위함일 게다.

꽃은 꽃으로 말한다

옷깃 여미고

두 손 모으니

서쪽 하늘 구름이

넌지시 일렁인다.

외롭다는 것은
사랑하고 있다는
것이다

연리지 連理枝

그리움이 크면
참나무와 소나무는
손을 잡는다.
물푸레나무와 자작나무도
어깨동무를 한다.
그래도 그리움
어쩌지 못하면
서로의 핏줄로
하나의 영혼이 된다.

당신과 나는
얼마큼
더 그리워해야
연리지를 닮을 수 있을까.
우리는 얼마큼

더 사랑을 해야

연리지로 설 수 있을까.

겨우살이를 위한 연가

시린 겨울 하늘 아래
그대의 숙주가 되고 싶었다.
심장이 멎는 그날까지
그대의 뿌리가
영혼까지 훔쳐 내도
영하의 햇살에
꽃 피우는 너를 위해
내 한 몸
숙주로 살고 싶었다.

북쪽 하늘 가까운
높다란 가지 위에
겨우살이 등 태우고
살을 에는 북풍에도
무릎 덮는 강설에도

견디는 것은
참나무의 사랑 법이었다.
다름 아닌
사랑의 다른 모습이었다.

가을

무슨 일 난 것은 분명하다.
꽃이 피고
열매 맺었으니

때가 된 것을 안 것이다.
단풍이 들고
나이테 하나 더하였으니

성큼
철이 든 것을
느끼지 못했을 뿐

사랑한 것은 분명하다.
그리움이
아픔인 것을 알았으니

내 마음

하늘 한 자락 텃밭 삼아

하늘나리, 매발톱꽃

몇 폭 심어 두고

가끔은 무지개도 걸어 놓고

구름 위에

정자 한 채 지어 두고

장송長松처럼

그대를 바라보고 싶다.

바다 한 자락 분양 받아

청어 떼, 말미잘

어항처럼 들여놓고

항구에 배도 한 척 띄워 놓고

바다 가까운 언덕 위에

등대처럼

그대 향한

기다림으로 서고 싶다.

꽃은 꽃으로 말한다

별똥별

별똥별 하나에
소망 하나씩
두 손 모으던 어린 시절
별똥별이 빛나는 이유를 몰랐었다.

별똥별의 긴 여운이
소멸의 아픔이라는 것을 알았을 때
별똥별에서 소망은 사라져 버렸다.
더 이상 가슴도 설레지 않았다.

다만
소멸하는 것은
빛나는 것이라고 느낄 뿐

외롭다는 것은 사랑하고 있다는 것이다

자라섬[*]

오랜 세월 흘러온 물길이
섬을 만들었다 한다.
강물 속에서
안개 속에서
기다림이 모여 섬이 되었다 한다.

갯버들 자라던 빈터에
외로운 사람들
오고 간 흔적이 남아
은사시나무 손 흔드는
그리운 섬이 되었다 한다.

못다 한 이야기가 모여
못다 한 사랑이 모여
낭만이 되는 섬
전설이 되는 섬

[*] 경기도 가평군에 북한강 수변에 있는 섬.

꽃은 꽃으로 말한다

종이컵

뜨거움도 차가움도
인내하는 것은
누군가가 말없이
고마워하기 때문이다.
구겨져 버려질
운명일 줄 알면서도
서로 끌어안으며
기다리고 있는 것은
언제가 한 번
당신이 손잡아 줄 것을
믿기 때문이다.
한 번뿐이지만
언젠가 당신의 뜨거운 가슴
느낄 수 있기 때문이다.
사랑을 간직하고 있기 때문이다.

매미

한여름 가슴 저미도록 우는 것은
전생에서 못다 한 그리움 때문일 게다.

저렇게 별이 지도록 애절하게 우는 것은
이승에서 못다 한 사랑 때문일 게다.

우리는 누군가를

언제 저토록 간절하게 기다릴 수 있을까.
언제 저토록 애타게 그리워할 수 있을까.

우리가 모를 뿐

꽃이 필 때도 아픔이 있겠지요.
꽃이 질 때도 눈물 흘리겠지요.
우리가 모를 뿐

길가에 은사시나무
간절히 이파리 흔드는 것은
외로움 때문이겠지요.
자작나무도 그리움 때문에
하얗게 밤을 지새우겠지요.

우리가 모를 뿐
좋아하는 사람 앞에서
별들이 더욱 빛나는 것은
사랑하기 때문이겠지요. 그렇겠지요.

외롭다는 것은 사랑하고 있다는 것이다

외롭다는 것은

외롭다는 것은

사랑하고 있다는 것이다.

열렬히 사랑하고 있다는 것이다.

사랑이 클수록

외로움은 커지는 법

외로움은 사랑의 다른 모습

외로움은 사랑의 다른 언어

사랑이 깊어질수록

외로움도 커 가고

외로움이 커 갈수록

사랑도 깊어지는 법

사랑한다는 것은 외롭다는 것이다.

외롭다는 것은 살아있다는 것이다.

연인산[*]

연인의 손으로 빚었을까
나무와 풀이 만나
물과 숲이 만나 산이 되었다.
꽃과 나비가 만나 가슴 저미는
기다림이 되었다.

얼레지 밝은 웃음으로
사람과 사람이 만나 인연이 되고
그리움이 되는 산
말없이 끄덕이는 눈빛이 되는 산.

어머니의 품에서 키웠을까
하늘과 땅이 어우러져
가슴속 철쭉꽃 물이 드는

---

* 경기도 가평군 가평읍 승안리, 하면 마일리, 북면 백둔리 3개에 읍면에 걸쳐 위치
한 37.445㎢(1,133만평) 넓이에 해발 1,068m 높이인 천혜의 도립공원

외롭다는 것은 사랑하고 있다는 것이다

사랑이 되었다.

연인이 되었다.

팽목항에서

-세월호 참사 1주기에

올해도 진달래가 붉게 피었습니다.
애끓는 마음이 함께 피었습니다.
눈감으면 보이는 그 절절한 그리움을
눈물로 씻을 수 있을까요

꽃은 피었다 져도 슬프지 않습니다.
다시 피어날 기다림이 있기 때문입니다.
손 내밀면 닿을 것만 같은 그 애절한 모습을
한숨으로 지울 수가 있을까요.

이름을 부르면 달려올 것만 같습니다.
꿈속에서라도 만나고 싶습니다.
마주 앉아 얘기해 보고 싶습니다.
손이라도 어루만지고 싶습니다.

진도의 동백이 선홍빛 꽃잎을 뿌렸습니다.

애환으로 얼룩진 하늘에

동박새가 서성거리다 날아갑니다.

팽목항에 파도가 잠시 멎습니다.

중요한 것은

아름다운 꽃은

꺾는 것이 아니라

그 자리에 다시 피어나게 하는 것이

사랑이다.

보랏빛 향기가 스며들 때까지

저녁노을을 바라보며

말없이 두 손 모으는 것은

침묵도 대화가 되는 것을

가슴으로 알기 때문이다.

중요한 것은

소유하는 것이 아니라

그 순간에 머무르는 것이다.

온전히*

---

* 영화 '월터의 상상은 현실이 된다' 대사의 일부

사춘기

그리다가 그리다가
마저 못 그린
그림 한 장

쓰다가 쓰다가
끝내 못 쓴
편지 한 장

아직도 끝내지 못한
아직도 다하지 못한
말 한마디

공지천*

수많은 젊음이 흘리고 간

사랑의 흔적이 호수가 되었다 한다.

시를 몰라도

시인이 되어

라일락 꽃잎을 뿌리고

취하지 않아도 진실을 말하는

공지천 하늘에는

또 하나의 강물이 흐른다 한다.

때로는 슬픔이

가끔은 행복이

모두가 꽃으로 피어나고

어떤 아픔도

어떤 시련도

* 강원도 춘천시 근화동에 있는 유원지

모두가 낭만이 되는 그곳

새벽이 되어도 잠 못 드는
영혼들 서성거리면
잔잔히 일어서는 물비늘
남루를 걸쳐도 아름다운 그곳을
공지천이라 한다.

누군가는
그것이 살아가는
이유입니다

그리움

별빛으로 그렸나 보다.

별이 뜨는 밤마다

별빛 속에 새겨지는 그대 모습

바람으로 그렸나 보다.

바람 부는 날마다

사방에서 들리는 그대 목소리

꽃잎으로 그렸나 보다.

꽃 피는 계절마다

코끝을 스치는 그대의 향기

낙엽이 흩날려도 새싹처럼 솟아나는

물안개처럼 피어나는 그대 생각

초롱한 그대의 눈동자

꽃은 꽃으로 말한다

문득

고개를 들었을 때 문득
세상이 온통 초록으로 물들었던 적
세상이 온통 봄꽃으로 뒤덮었던 적
있었지.
고개를 들었을 때 문득
별이 내리고
성큼 날이 밝아 있었던 적 있었지.
새잎 돋는 줄 모르고
꽃 피는 줄 모르고
지나쳐 버린 것들
열심히 살았어도 잃은 게 더 많은 날들

가끔은 그리움에 전화도 걸고
아주 가끔은 푸른 하늘도 보며
살아야 할 것을

그리 살 수는 없는 걸까

좀 더 가지려
아등바등 지나온 시간들
종종걸음 치며
쪽잠으로 지새며
분주하게 살지는 않았는지
그리하여
좀 더 가졌다 자위하지는 않았는지
그리하여 놓친 것은 없었는지
새잎 돋는 언덕을
꽃이 피는 들판을
웃음소리 가득한 주변을
보지 못한 것은 아닐는지.
파란 하늘 수놓은 뭉게구름처럼
길가에 피는 개별꽃처럼
개울가 하얀 조약돌처럼

계절이 왔다 가는 소리 들으며

별자리 바뀌어 가는 모습 보면서

그리 살 수는 없는 걸까.

청춘

밤새 잠을 설치더니
고민의 글귀 하나 걸리었다.

-치열熾熱함이 없이는
청춘이 아니다-

성큼 자란 키로는
말할 수 없었나 보다.

바람벽에 걸린
조금은 성숙한 젊음의 고뇌

카카오톡

카톡, 카톡,

사람들이 대화를 시작한다.

사람들 사이에 말은 없다.

침묵하는 대화

전철에서 말이 사라졌다.

웃음소리도 사라졌다.

혼자 하는 대화

옆에 있는 친구와도

카톡으로 대화를 한다.

사랑도 카톡으로 한다.

대화하면서도 외로워한다.

허수아비

누군가는
그것이 살아가는 이유입니다.

내려놓으면 편해지는 것을
내려놓지 못하는 욕심 앞에

사심 없이 두 팔 벌리고
남루를 두른 허수아비처럼

누군가는
그것이 살아있는 행복입니다.

치매

잊혔다. 신작로 뽀얀 먼지 길 위로
소달구지에 가득 담아 보내던
어머니의 사랑도
새끼손가락 걸며 새기던 우정도
연지곤지 찍던 혼인도
옆집 순이도, 작은아버지도, 막내아들도, 손자도
잊혔다. 하얗게 까맣게

무엇을 그리려고 지웠을까.
바람도 일지 않았다.
무심한 자동차 달리는 포도 위를
할머니 한 분이 걸어가신다.
경적도 들리지 않았다.
눈도, 귀도 초연한 하얀 세상

슬프고 어려웠던 일랑은 잊게 하시고

즐겁고 행복했던 일랑은 남겨 두시지.

달리는 자동차의 무관심 속에서

순환하는 시간의 흐름 속에서

문득

포도 위를 걸어오고 있는

나를 보았다.

흑자

흙으로 빚는 마음

천 년의 불꽃으로 태어나는 하늘의 눈

그믐밤 은하수 한 줄기 비밀스레 내려온 것일까.

청곡淸谷에 흐르는 정화수 담아 비는 소망일까.

천목天目은 까만 밤하늘에 푸른 하늘 열리는

새벽이었다. 간절함이었다.

흑유다완에 차향으로 도는 구름

여명 속에 학 한 마리 날아오르고 있었다.

누군가는 그것이 살아가는 이유입니다

흑자 2

고려의 색은 비취가 아니었다.
옥정수에 비친 밤하늘처럼
검은 것도 아니었다.

장인의 손닿자
비수匕首 몇 날아와 박힌다.
흔들림도 없다.
칠흑 같은 빛이 매섭다.
흘러내리던 물방울 멈칫하더니
까만 진주가 되었다.

흑자에 차 한 잔 끓이면
마음속에는 달빛 향기
가득하다.

귀천

- 선배를 보내며

1

꽃이 되었을까?
미동은 없지만
향내를 풍기고 있다.

별이 되었을까?
말은 없지만
영정은 웃고만 있다.

2

벌써 천국에 도착했네.
생각보다 가까워.
내가 가까이 있으니
너무 외로워하지들 말게*

---

* 심재호 교수가 제자들에게 보낸 문자 메시지

이승에는

촛농만 떨어질 뿐

옷깃만

여밀 뿐

알 수 있지

비목이 없어도 알 수 있지
어떻게 살았는지
어떤 무덤에 꽃이 피는지
어떤 무덤에 잡초가 나는지
어떤 무덤에는
모래바람만 부는 것을
꽃 피는 무덤가에 앉아 보면
알 수 있지.
무엇이 꽃이 되는지
무엇이 향기가 되는지
알 수 있지.
알 수가 있지.
꽃 덮인 무덤을 지나오며
머릿속을 들리는 목소리
이제, 너는 어찌 살려오.

쉼표

앞만 보고 달리기에
우리의 삶은 너무나 아름답지 않은가.

새하얀 향기의 아카시아 꽃길에
뽀얀 이내 내리는 저녁 무렵에

가슴이 떨리지 않는 삶은
너무나 삭막하지 않은가

별빛 가득한 밤하늘을
함박눈 내리는 오솔길을

그냥 지나치기에는
우리의 삶은 너무나 향기롭지 않은가.

빨래를 하며

쌓여 있는 빨랫감을 뒤척여 본다.

지난 삶이 부스스 깨어나고

먼저 마중을 나오는 땀내들 속에

스멀거리는 과거가 진눈깨비처럼 추적거린다.

세제 거품 속에서 추억이 되지 못한 아픔이

꾸물꾸물 땟국으로 퍼진다.

꼼지락거리며 고개를 드는 삶의 흔적들

삶의 영수증 같은 빨랫감들

어떤 빨랫감에는 부지런한 삶이

어떤 빨랫감에는 게으른 삶이 묻어 있다.

하루하루를 어떤 삶으로 채울지

선택은 자유다.

지우고 싶은 삶으로 채울 수도

기억하고 싶은 추억으로 채울 수도 있다.

현실은 아무도 대신해 주지 않는다.

꽃도 저 혼자 피고 진다.

빨래를 하는 일은

과거를 굴레 지우는 것이 아니라

묵은 삶을 덜어 내는

자신만의 향기를 만드는 일이다.

방황

이리 채이고

저리 차이는 돌맹이처럼

가슴 속에서 들리는 바람 소리

이리 쓸리고

저리 흔들리는 나뭇가지처럼

걷잡을 수 없는 마음

세상 어디에도 기댈 곳 없다고

황량한 들판에 홀로라고 생각하다가

문득

세상은 결국 혼자 걸어가는 것이지

나무들도 외로워서 무리 지어 살지 않는가.

좀 늦으면 어떤가.

좀 돌아가면 어떤가.

우리는 모두

언젠가

고향으로 돌아가는 것을

회귀

우리가 나눈 대화는

하나의 사연이 되어

어디선가 의미를 만들고

소문처럼 떠돌다

결국 우리에게 돌아온다는 것을.

우리가 나눈 눈빛은

미소가 되어

어디선가 웃음을 만들고

웃음소리로 떠돌다

메아리처럼 되돌아온다는 것을

던지면

되돌아오는 부메랑은

이미 알고 있었던 것일까.

지금 우리가 뿌리는 씨앗이

어떤 모습으로 싹 틔울지는

오롯이 자신에게 달렸다는 것을

우리를 둘러싼 작은 만남들이

돌고 돌아 자신에게 돌아오리란 것을

멀리 던질수록

멀리 되돌아오는 부메랑은

이미 알고 있던 것일까.

길

바람도 길 따라 분다.

바람이 길을 잃으면 태풍이 된다.

강물도 길 따라 흐른다.

강물이 길을 잃으면 범람하게 된다.

태풍이 지나고

남는 것은

상처뿐인 꽃잎뿐

범람한 강물이 흐르고

남는 것은

유실된 농부 마음뿐

구름이 길을 잃을 때

천둥 번개를 치는 것처럼

사람들은 길을 잃지 않으면

좋으련만

간이역에서

역사에 불이 켜지면

어디론가 떠나는 사람들

어디선가 돌아오는 사람들

손에는 사연 하나씩 들려 있다.

-어느 역에선가 만나게 되겠지요.

-또 역이군!

-다시 떠나야겠지.

-얼마를 더 가면 사랑을 발견할 수 있나요.

밤마다

철길에는 동경만이 달리고 있다.

제게도 이제야 승차권이 마련되었어요.

당신에겐 그렇게 수월했던 것이

제겐 왜 그리 어려웠는지

훌훌 털고 일어서도 좋을 것을

하찮은 야망과 애집 때문에…

자 보세요.

이번에는 제 차례예요

당신처럼 열차를 타는 겁니다.

손수건을 흔들어 주시겠어요.`

* 이문열의 '이 황량한 역에서' 중에서 가져옴

친구

살아가면서 비밀을 얘기할 수 있는
비밀스런 벗 하나쯤은 있어야 되지 않겠나.

사랑이라 말하기는 모자라고
우정이라 말하기는 넘치는
그런 만남

들어주고 이해하는 그런 사람
비밀이라서 아름다운,
그런 그리움 하나쯤은 간직해야지 않겠나.

사람이란
채워지지 않는 빈자리 하나쯤은
가지고 있지 않은가.

누군가는 그것이 살아가는 이유입니다

내가 너로 해서

네가 나로 해서

메워지는 빈자리

바람으로 생각나는 사람

가을이라 떠오르는 사람

그것으로 인생은 더 아름답지 않은가.

일상의 삶에

미소를 만드는 비밀 하나쯤 있어도 좋지 않겠나.

한 송이 꽃으로도

조약돌 하나로도 기억나는

이름 하나쯤은 있어야

혼자라도 기쁨이지 않겠나.

꽃은 꽃으로 말한다

슬픔은 줄어들고

행복은 배가 되지 않겠나.

야간열차

어둠으로
아름다워지는 것이 있다.
어둠이 배경이 되어야
빛나는 것이 있다.
멀리서 보아야
더 잘 보이는 것이 있다.
눈감고 들어야
잘 들리는 것이 있다.
야간열차는
차창 밖 멀리서 바라보는 이의
가슴에 먼 이정표 하나를 심는다.
어두울수록 별은 더욱 빛난다.
어둠 속에라야
촛불은 더 의미가 있다.
어둠 속에서도 피어나는 것이 있다.

꽃은 꽃으로 말한다

어둠으로

아름다워지는 것이 있다.

졸업생들에게

보내고 슬프지 않은 것은
희망이 있기 때문이다.
과거가 아닌
현재가 아닌
기다림이라 하자.

보내고 기다리지 않는 것은
약속하지 않은 기다림이 있기 때문이다.
스승으로 만나
제자로 만나
그리움이라 하자.

이 땅에 살아가는 모두는
너에 대한
기다림 하나

꽃은 꽃으로 말한다

그리움 하나

운명처럼 가슴에 안고 살기 때문이다.

석심石心

1

돌이 의미를 지닐 때
수석이 된다.
억겁의 세월을 인고忍苦하고
마음으로 태어나는
수석壽石.

난蘭과 어울리면
난이 되고
수묵화 함께하면 묵향을 풍기는

산처럼 바다처럼
말없이 전하는 의미.

2

인고忍苦의 기다림이

돌이 되고

바위가 되고,

세월 따라

산이 되고

구름 따라

호수 되고

침묵으로 말하는 세상

수담手談으로 답하는 세상.

3

걸칠 것 없는 몸짓으로

서리 맞아 단풍들고

한설寒雪 맞아 설산 되고

냇물에 씻기우고

강물에 깎기우며

세월이 그려낸 학鶴도 한 마리

무념무상無念無想

묵묵부답黙黙不答

시장 사람들

새벽을 밀며 끌며 오는
시장 사람들 손수레엔
싱싱함이 가득
푸름이 가득

시는 모르지만
문학은 모르지만
시린 손끝, 구르는 좌판 위엔
사랑이 듬뿍
보람이 듬뿍

바람이 불어가고
소나기 쏟아져도
골목마다 메아리치는 목소리
희망의 목소리

새벽을 밀며 끌며 오는

시장 사람들 가슴 속에는

꿈이 한 아름

소망이 한 아름

어떤 슬픔

- 에티오피아 참전용사의 비 앞에서

에티오피아의 가뭄은
춘천 호수의 수면에도 그림자 졌다.

그들
아버지의 혈흔은 아직
공지천 상공에 남아 있는데
에티오피아의 상공에는
먼지만 날리고 있다.

뼈마디 앙상한
보호소에는 꺽꺽한 울음소리
눈물까지 말라버린
에티오피아 대지에는 바람만 분다.

말없이 하늘만 쳐다보는

메마른 눈동자가 화면에 비칠 때

말없이 공지천 하늘을 쳐다본다.

창窓

창도 닫혀 있으면 하나의 벽이다.
거우내 닫혀 있던 창을 열었다.

푸른 하늘이 방안 가득 고였다.
쾨쾨한 냄새가 꿈틀 밀려난다.

창공을 날던 새들이 창밖을 기웃거렸다.
새들도 누군가를 그리워 한 것일까.

이제야, 알 것도 같다. 바람이,
창을 흔드는 이유를

누군가는 그것이 살아가는 이유입니다

감로천차 甘露天茶

하늘 가까이에서

수국 잎은 이슬이 된다.

바다가 보이는 푸른 언덕에서

함박눈 가지마다 얹고

신선한 바람 한 움큼

수국 잎에 모아 향이 된다.

하늘 맞닿은 수평선에서

동해의 새벽안개

하얀 파도 꽃잎에 담아

땅의 온기 뿌리에 모아

하늘보다 더 진한

바다보다 더 깊은

감로천차가 된다.

밤마다
철길에는 동경만이
달리고 있다

마당

어린 시절
동무들과 하루 종일
땅뺏기 놀이를 해도
남은 땅이 더 넓었다.
한 편에 장작을 쌓고
또 다른 한 편에
콩 섶 낟가리를 만들어도
마당은 그리도 넓었었다.

흙먼지 날리며
소꿉장난하는
아이들 바라보다
하루 종일 뛰어도 넓던
그 마당이 좁아 보이는 것은
문득, 어린 시절

꽃은 꽃으로 말한다

비석 치기 하다 두고 온

그 돌 때문은 아닐는지.

흑백사진

코흘리개였다.
서리한 감자를 깨물며
땟국 흐르는 늦여름,
흑백의 도라지꽃은
흉년 들어 축축 늘어져 있고,
정지된 시간 속에
까까머리 어린아이가 서 있다.

눈망울에 별 하나 반짝인다.

꽃은 꽃으로 말한다

엄마의 손

고단한 몸으로 등잔불 심지를 돋우면
문풍지가 대신 울었다.
굴뚝의 온기가 식을 무렵
무 구덩이에서 꺼내 오던 시린 추억
밤이 길다 꺼내주던 야식은
겨우내 바람 든 무였다.

새벽을 깨우며 문지방을 넘던
할아버지의 가래 끓는 소리에 잠을 깨면
이른 새벽 흙 바람벽 부엌에서
목젖을 넘어오던 감자범벅 냄새
잉걸불보다 더 뜨거운 엄마의 눈물이었다.

양철 지붕에 하얗게 서리가 내리는 날
옥양목 새하얀 빨래가 하늘에 널리면

엄마의 손은 엉겅퀴 꽃 보다
더 붉은 꽃이 되었다.

언제까지

마당 가 살구나무 한 그루

언제까지 붉은 꽃 피울 줄 알았더니

올해는 꽃 몇 송이 듬성듬성 피웠다.

언제까지 푸를 줄 알았었다.

청솔가지처럼 푸르던 모습에

마른버짐처럼 윤기 잃어가는 자국들

살구나무 퍽퍽한 껍질을 만지며,

거칠어진 살결에서 느끼는 것은

지나고 나서야 알게 되는 어리석음이다.

언제까지 같은 봄일 줄 알았다.

언제까지 같은 가을일 줄 알았었다.

실레마을

금병산에 알싸한 동백꽃이 필 무렵
실레마을은 분주해진다.

각혈하듯 붉은 진달래 꽃 피어나면
실레마을에 전설처럼 살아나는 이야기들

점순이 키는 좀 자랐을까.
가난을 팔던 들병이들 한숨 소리

김유정역이 내려다보이는 금병산 언덕에서
그 옛날의 봄 길을 걷는다.

엄마의 발자국 소리

엄마는 발자국 소리조차 다르다.
엄마의 발자국 소리에는
자상함이 담겨있다.
사랑이 담겨있다.
엄마의 발자국 소리를 들으면
얼마나 편안해지는가.
새들도 어미 품어서 잠이 든다.
엄마 품에서 잠든 아가의 표정은
얼마나 평화로운가.

아버지는 기침 소리조차 다르다.
아버지의 기침 소리에는
무뚝뚝함이 담겨있다.
이해가 담겨있다.
아버지의 기침 소리를 들으면

밤마다 철길에는 동경만이 달리고 있다

얼마나 든든해지는가.

가시고기도 새끼를 위해 희생한다.

아버지 옆에 서 있는 어린 이이는

얼마나 용감해지는가.

꽃은 꽃으로 말한다

진작 알았더라면

유년의 언제쯤 뽀얀 먼지를 일으키며 동경이 달렸다. 신작로를 달리던 완행버스, 청보리밭을 달리고 싶었다. 그런 꿈을 꾸었다. 수없이 꿈꾸던 미지의 세계, 별이 내리는 새벽을 깨우던 고뇌와 꿈들이 정과 망치가 되어 지금의 나를 다듬었으리라.

지금의 소망과 땀방울과 사랑과 미움과 방황과 아픔, 웃음과 눈물과 만남과 헤어짐, 독서와 여행과 사색과 그리움들, 이 모든 것들이 모여 자화상이 된다는 것을, 그리도 꿈꾸던 미래가 된다는 것을, 진작 알았더라면

동산에서는

다박솔 향기 가득 채워
동네 꼬마들 친구가 된다.
양지바른 무덤 잔디밭에서는
키도 나이도 상관이 없다.
둔덕에서 비탈로
불개미 집마저 친구가 된다.
송아지 몰아 풀 먹이던 뒷산도
나뭇지게 지고 오던 앞산도
도마뱀 다람쥐 도롱뇽 모두가 친구다.

시냇물에 발 담그면
가재와 송사리와 버들치도
모두 이웃이다.
아랫마을 윗마을 오가며
오솔길에서 만나면

민들레 둥굴레 고사리

풋나물 나누는 이웃이 된다.

김씨네도 문씨네도

강씨네도 이씨네도 모두가 이웃이다.

어머니의 뜰

어머니 뜰에는
금낭화가 핀다.
눈물샘 가득 고인 설움의
금낭화가 핀다.
어머니 마음에는
누이에 대한 눈물 꽃이 핀다.
평생에 한이 된 누이는
셋방살이로 떠돌고
어머니 가슴에는
꽃보다 붉은 금낭화가 핀다.
어머니의 뜰에는
금낭화가 핀다.
머리채 늘어뜨리고
옷고름도 여미지 못한
금낭화가 핀다.
눈물도 말라버린 하얀 금낭화가 핀다.

그때는

하늘처럼이슬처럼맑아야만순수인줄알았다그때는별처럼진주처럼빛나야만그리움인줄알았다그렇게알았었다단풍만들어도눈물짓고첫눈이내리면가슴이떨리었다.남몰래감춰둔편지한장이소중했었다비밀이라했었다그때는,

　그때는김종삼시인의시집한권으로도라흐마니노프의음악한자락으로도가슴을채웠다남루를걸쳐도이중섭의소를모더니즘을말했었다그때는,

　커피한잔으로도아름다운밤그때를위하여우리모두묵념.

겨울 추억

추위도 신나는 아이들

언덕에 연이 날리면

콩엿을 깨시던 어머니

누렁이도 덩달아 즐거워라

아이들은 버짐 오른 얼굴로 순수를 날리고

태양이 빈혈을 앓기 시작하면

양철지붕 밑으로 파고들던 그리움

타관에 계신 아버지가 오시기 전에

고개 넘어 어둠이 먼저 몰려들었다.

바람만이 여전히 굴렁쇠를 굴렸다

양말 목 깊숙이

화로를 끌어안으시던 할머니

부젓가락으로 불씨를 고르다

꽃은 꽃으로 말한다

마지막 완행버스가 멈추면
등잔불 심지를 돋우시었다.

어둠이 야위어 가도
빈방에 등잔불을 끄지 않으시던 할머니
잠결에 간간이 들리던 한숨 소리
그런 날은 누렁이도 짖지 않았다.
바람은 여전히 담장을 넘었다.

행복

기계충에 버짐 오른 얼굴로도

웃을 수 있었다.

옥수수 죽에 구호 밀가루에도

기다림이 있었다. 그때는

식모 나간 누이는 손발 얼면서도

동생들 벙어리장갑을 보내 주었다.

배우지 않아도 희생의 의미를 알았다.

모내기 철이 되면 책보보다

갈잎 꺾는 일이 먼저였다. 그때는

학교에서 돌아오면 숙제보다

소 먹이는 일이 먼저였다. 그때는

남폿불 아래 콧구멍을 후비며

졸다 보면 아침이 되었다.

가난에 시달려도 가족의 의미를 알았다.

그때는 그것이 삶이었다.

그것이 행복이었다.

공지천과 잡초의 상상력 그리고 열망
— 최상만의 시 읽기

박기동*

　실로 놀랄 만한 일이다. 이 세상에, 요즘 같은 시대에 시를 믿다니!

　최상만 시인과 나는 '시라는 장르를 믿는다'는 표현을 주고받으며 수인사를 했다. 인터넷을 통해서 말이다. 그렇게 우리는 작가(시인)와 독자로서 인터넷이라는 가상공간에서 처음 만났다.

　최상만 시인의 시집 서문에 '시가 읽히지 않는 세상 밖'이라는 표현이 나온다. 시가 읽히지 않는 세상에서 시를 쓰고, 시집을 내는 사람이 있다니! 일종의 엄살이고

---

*　강원대학교 교수. 시집 『어부 김판수』, 『내 몸이 동굴이다』, 『다시 벼랑길』, 『나는 아직도』 등을 냈다.

역설이다. 다소 과장된 다급함, 조급함이라고도 볼 수 있겠다.

시인이 시 한 편을 쓸 때, 그는 이미 외로움과 두 몸이 아닐 것이다. 시를 쓸 때 온전히 드러나는 자기의 모습 외에는 눈에 들어오는 것이 없다. 어쩌면 자기 모습조차 안중에 없을지도 모른다. 자신의 숨소리와 저 먼 어느 세계에 가 있는 눈동자는, 다른 여느 행동과는 구별되는 것이리라.

나는 최상만 시인을 비교적 늦게서야 알게 됐다. 이 시집을 계기로 처음 알게 된 것이니까 말이다. 실제로 만나는 것은 내가 그의 시집 해설을 끝내고 나서가 될 테니 한참 후겠지만, 가급적 빨리 만나자는 메시지는 주고받았다.

그의 시편들과 약력을 읽어 보니 학교에서 후진들을 지도하고 있다고 한다. 나 또한 학생들 앞에 서니 잘 알지만, 일하는 것과 문학, 즉 글쓰기를 병행하는 것이 그리 녹록치는 않다. 인생이 '고해苦海'라고 보는 불교적 세계관은 차치하고라도 매일 아니, 매 순간 고뇌하는 시인에게 적당한 직업이 있다는 얘기는 듣지 못했다. 단지 여러 사람이 교사나 기자 등에 종사하고 있을 뿐이다.

[해설] 공지천과 잡초의 상상력 그리고 열망

언제 어느 때나, 또 어디서나 깨어있(어야 하)는 것이 시인
이다.

> 고개를 들었을 때 문득
> 세상이 온통 초록으로 물들었던 적
> 세상이 온통 봄꽃으로 뒤덮었던 적
> 있었지.
> 고개를 들었을 때 문득

—「문득」부분

어느 날 "문득", 우리는 경험한다. 어제까지만 해도 미
처 보지 못했던 광경을 보고야 만다. 계절이 바뀌는 것
도, 새로운 세계를 경이로 체험하는 것도 어느 날 문득
찾아온다. 보통 때와는 구별되는 순간이다. 시인에게는
이 순간이 다른 무엇과도 바꿀 수 없는 중요한 순간이리
라. "고개를 들었"다고 표현하는 최소한의 행동이며 자
족적인 세계 발현의 순간이다. 시간의 구별은 이 땅을
새로이 다시금 바라보게 하는 역할 바꿈이며 이로써 새

로운 세계가 열린다.

늘 보던 공지천이 새롭고 다른 공지천이 된다. 하나의 고유명사가 그 자체로 있기보다 저자에게 다가와 새로운 의미를 띄는 것이다. 공지천은 춘천 사람에게 익숙한 장소다. 아래의 시는 이러한 장소를 특별한 곳으로 바꿔준다. 이른바 익숙한 곳의 특별화特別化라고나 할까? 시 전문을 읽어 보기로 하자.

수많은 젊음이 흘리고 간
사랑의 흔적이 호수가 되었다 한다.
시를 몰라도
시인이 되어
라일락 꽃잎을 뿌리고
취하지 않아도 진실을 말하는
공지천 하늘에는
또 하나의 강물이 흐른다 한다.

때로는 슬픔이
가끔은 행복이

모두가 꽃으로 피어나고
어떤 아픔도
어떤 시련도
모두가 낭만이 되는 그곳

새벽이 되어도 잠 못 드는
영혼들 서성거리면
잔잔히 일어서는 물비늘
남루를 걸쳐도 아름다운 그곳을
공지천이라 한다.

—「공지천」 전문

공지천은 고유명사다. 또 다른 공지천은 어디에도 없다. 저자는 공지천을 무난하게 잘 그렸다. 결정적으로 묘사하는 말이 다소 상투적이어서 아쉽기는 하다. "남루를 걸쳐도 아름다운 그곳"이 공지천이라는 언급은, 공지천이 문학적인 기교를 부릴 대상이 아니라 익숙한 순간이나 장소로써 특별하다는 언명에 불과하다.

꽃은 꽃으로 말한다

점순이 키는 좀 자랐을까.

가난을 팔던 들병이들 한숨 소리

— 「실레마을」 부분

　"점순이"는 고유명사가 아니지만 고유명사처럼 쓰였다. "실레마을"은 김유정역이 있는 곳이며 고유명사다. "점순이"는 김유정의 소설 속에서 키가 커야 혼인을 할 수 있는 구체적인 꿈, 미래상을 그리는 인물로 등장한다. "들병이들"은 1930년대 일제강점기의 경제 사정 등을 짐작하게 한다.

어둠으로

아름다워지는 것이 있다.

어둠이 배경이 되어야

빛나는 것이 있다.

멀리서 보아야

더 잘 보이는 것이 있다.

눈감고 들어야

잘 들리는 것이 있다.

— 「야간열차」 부분

이 시에서 말하는 대로, "멀리서 보아야/더 잘 보이는 것"이나 "눈감고 들어야/잘 들리는 것"이 있다. 저자는 이러한 세계를 현실 세계로 바꾸기를 원한다. 요즘 같은 시대에 말이다. 시적인 세계가 어느 날 문득 자발적으로 나타날 리 있겠는가. 저자가 만일 젊고 팽팽한 시인이었다면, 억지로라도 이를 추천하려 했을 것이다. 시 세계의 맹렬한 추구를! 아니면 스스로 열망을 안으로 다스리면서 시 세계를 확장하고자 했겠다. 방법적인 면에서 보면 그는 순차적이다. 그의 시 「행여나」를 읽으면 시 세계를 열망하는 점진적이고 순차적인 시인의 태도가 분명하게 드러난다.

다음 시는 비교적 긴 시에 속한다. 최상만 시인의 기본적인 태도를 잘 보여 준다. 얼핏 보면 다소 촌스런 망상이다. 남자 시인이 자세하게 살펴보기 어려운 제재(빨래)일 수도 있기 때문이다. 이는 보다 본격적인 다른 기회나 방식으로 해명되어야 할 것이다.

쌓여 있는 빨랫감을 뒤척여 본다.

지난 삶이 부스스 깨어나고

먼저 마중을 나오는 땀내들 속에

스멀거리는 과거가 진눈깨비처럼 추적거린다.

세제 거품 속에서 추억이 되지 못한 아픔이

꾸물꾸물 땟국으로 퍼진다.

꼼지락거리며 고개를 드는 삶의 흔적들

삶의 영수증 같은 빨랫감들

어떤 빨랫감에는 부지런한 삶이

어떤 빨랫감에는 게으른 삶이 묻어 있다.

하루하루를 어떤 삶으로 채울지

선택은 자유다.

지우고 싶은 삶으로 채울 수도

기억하고 싶은 추억으로 채울 수도 있다.

현실은 아무도 대신해 주지 않는다.

꽃도 저 혼자 피고 진다.

빨래를 하는 일은

과거를 굴레 지우는 것이 아니라

[해설] 공지천과 잡초의 상상력 그리고 열망

묵은 삶을 덜어 내는

자신만의 향기를 만드는 일이다.

　　　　　　　　　　　　—「빨래를 하며」 전문

　이 시는 일종의 열망에 휩싸여 있다. 폭넓게 말하면
삶에 대한 더 나아가서 올바른 삶에 대한 열망으로 전
체가 불타오르고 있다. 그냥 호흡이나 하며 살아있다는
표지는 자연·과학적이고, 시인에게 어떤 생각도 불러일
으키지 못한다. 살아있다는 실감이 고작 호흡기의 수준
에 머물러서는 안 될 것이다. 진정한 의미의 살아있음
은, 시인에게는 적어도 시를 쓰는 상태 혹은 그 부근일
것이다.

이리 채이고

저리 차이는 돌멩이처럼

가슴 속에서 들리는 바람 소리

이리 쓸리고

저리 흔들리는 나뭇가지처럼

건잡을 수 없는 마음

세상 어디에도 기댈 곳 없다고

황량한 들판에 홀로라고 생각하다가

문득

세상은 결국 혼자 걸어가는 것이지

나무들도 외로워서 무리 지어 살지 않는가.

좀 늦으면 어떤가.

좀 돌아가면 어떤가.

우리는 모두

언젠가

고향으로 돌아가는 것을

— 「방황」 전문

위의 시 두 편(「빨래를 하며」, 「방황」)을 자세하게 읽어 본다. 우선 「빨래를 하며」에서는 저자의 설명적 진술이 펼쳐진다. "현실은 아무도 대신해 주지 않는다./꽃도 저 혼자 피고 진다./빨래를 하는 일은/과거를 굴레 지우는 것이 아니라/묵은 삶을 덜어 내는/자신만의 향기를 만드는 일이다."가 그러하다. 이 시의 바로 다음 시가 「방황」

[해설] 공지천과 잡초의 상상력 그리고 열망

이다. 설명적 진술이라는 것은 편의상 내가 이름 붙인 시적 전략이라고 볼 수 있겠다. (이제까지 그의 시를 읽어 온 독자라면, 그는 제재에 방법적으로 접근하기보다, 통째의 진실로 직진하는 성품이 있는 것을 알 수 있으리라.) 시의 작법도 필요 이상의 비유나 기교를 부리지 않고, 설명적 진술로 만족하는 것을 볼 수 있다. 시인으로서는 다소 불리할 수 있다. 더욱 높은 세계에 가고자 하는 것, 보다 깊은 심연에 이르고자 하는 것은 현재의 삶에 터를 두고 있으나 발돋움하고자 하는 시인의 의도적인 노력과 행동으로 도드라져야 하는 것이다. 그러나 이 저자는 그렇지 않다. 기교나 수사에 노심초사하지 않는다는 말이다.

이 부분이 최상만의 시에서 가장 어려운 수수께끼라고 할 수 있다. 방법적인 면에서 그렇다. 방법적인 면을 그리 신경 쓰지 않는다 하더라도 최상만의 시는 진지하고 폭넓게 읽힌다.

시 「방황」에서 다음 구절을 읽어 보기로 하자. "이리 채이고/저리 차이는 돌멩이처럼/가슴 속에서 들리는 바람 소리/이리 쓸리고/저리 흔들리는 나뭇가지처럼/걷잡

꽃은 꽃으로 말한다

을 수 없는 마음/세상 어디에도 기댈 곳 없다고/황량한 들판에 홀로라고 생각하다가/문득/세상은 결국 혼자 걸어가는 것이지/나무들도 외로워서 무리 지어 살지 않는가./좀 늦으면 어떤가./좀 돌아가면 어떤가./우리는 모두/언젠가/고향으로 돌아가는 것을"

  범상치 않게 느껴지는 "고향"이다. 여기 등장하는 "고향"은 단순하지 않다. 이리저리 방황하다가 느닷없이 튀어나온 "고향"이라는 말의 여운을 간직하면서 읽어야 할 것 같다.

        꽃은 꽃으로 말한다.
                (…)
        시든 꽃잎은 시든 대로
        떨어진 꽃잎은 떨어진 대로
        하나의 의미라는 것을
        꽃은 꽃잎으로 말하고 있다.

            ―「꽃은 꽃으로 말한다」 부분

우리 시사詩史에서 '꽃'은 이미 자연 그대로의 꽃이 아니다. 김춘수가 불러 주는 '꽃'이 있기 때문이다. 더구나 그 의미까지 생각하면 여러 가지가 떠오른다. 꽃잎이라는 자연물이, 하나의 의미가 되는 세계로 우리를 끌고 간다. 단순하게 하나의 자연물이 아니라 시적 상관물로 몸을 바꾼 '꽃'의 세계로 말이다.

저자에게 꽃 이상의 의미가 있는 것은—제목만 봐도 알 수 있듯이—다름 아닌 「달개비」, 「바랭이」, 「들풀」 등 잡초다. 질긴 생명력으로 이미 여러 사람의 사랑을 받고 있지만, 잡초의 상상력이라고 할까, 특유의 상상력이 최상만 시인에게 딱 어울릴 것 같다. 시적인 기교나 욕심은—어찌 말하면 시인에게는 큰 결례일 수도 있지만—표면적으로 별로 없고 눈에도 띄지 않는다. 그러나 사소한 잡초라 하더라도 소중히 여기고, 여기서 생명력이 풍부한 시 세계를 그려 낸다는 점은, 어떤 시적 기교보다도 더욱 귀중한, 잡초의 상상력이라고 이름할 수 있을 것이다.

앞으로 우리 독자들은 공지천과 잡초와 같이 쉽고도 가까운 곳에서 최상만 시인을 더러 만날 수 있을 거라

기대하여도 좋을 것이다. 무엇보다도 시심詩心 청청하기
를 빈다.